这本书属于
第____号怪怪特工

....

图书在版编目（CIP）数据

女巫之夜 /（瑞典）马丁·维德马克著；（瑞典）克里斯蒂娜·阿尔夫奈绘；徐昕译. — 北京：中信出版社，2024.8. —（怪怪特工队）. — ISBN 978-7-5217-6762-9

Ⅰ. I532.84

中国国家版本馆 CIP 数据核字第 2024KC3934 号

NELLY RAPP OCH HÄXORNAS NATT (NELLY RAPP AND THE NIGHT OF THE WITCHES)
Copyright © 2015 by Martin Widmark
Illustrations copyright © 2015 by Christina Alvner
Published by agreement with Salomonsson Agency, through The Grayhawk Agency.
Simplified Chinese translation copyright © 2024 CITIC Press Corporation
ALL RIGHTS RESERVED

本书仅限中国大陆地区发行销售

女巫之夜
（怪怪特工队）

著　　者：［瑞典］马丁·维德马克
绘　　者：［瑞典］克里斯蒂娜·阿尔夫奈
译　　者：徐昕
出版发行：中信出版集团股份有限公司
　　　　　（北京市朝阳区东三环北路 27 号嘉铭中心　邮编 100020）
承　印　者：北京联兴盛业印刷股份有限公司

开　　本：880mm×1230mm　1/32　　印　张：3　　字　数：86 千字
版　　次：2024 年 8 月第 1 版　　　　印　次：2024 年 8 月第 1 次印刷
京权图字：01-2024-3615
书　　号：ISBN 978-7-5217-6762-9
定　　价：82.00 元（全 6 册）

版权所有·侵权必究
如有印刷、装订问题，本公司负责调换。
服务热线：400-600-8099
投稿邮箱：author@citicpub.com

)))) 另一种真相 ((((

怪怪特工队

女巫之夜

［瑞典］马丁·维德马克 著　［瑞典］克里斯蒂娜·阿尔夫奈 绘　徐昕 译

中信出版集团 | 北京

你了解"怪怪特工"吗?就是跟鬼和怪物做斗争的人。

哈哈哈哈!你笑了。这是什么荒唐故事啊!世界上根本就没有怪物,至于鬼——只有幼儿园小孩才信呢!

我知道你会这么说,因为以前我也是这么认为的——可那是以前。

而现在我不这么认为了——我知道,他们的确存在。

嘘！在这本书里，你将跟随我和我的同伴瓦乐一起，前往一个真正的巫师的家里。这天，他将举办一场华美的晚宴。

列娜-斯列娃——我在怪怪特工学院的老师——是其中一位受到邀请的客人。

可是，这位身为伯爵的巫师和他的管家葫芦里到底在卖什么药呢？

就请你自己去书里寻找答案吧！

嘘！在这本书里，你会遇到下面这些人——当然是除了我和瓦乐，还有我们的狗狗伦敦和艾巴之外！

列娜－斯列娃

汉尼拔伯伯

约尔肯·克洛普伯爵

管家延松

法比亚娜

宇斯特拉

第一章
列娜－斯列娃怎么了

我又回到了怪怪特工学院。现在正是复活节假期，我们在汉尼拔伯伯家住了五天，而瓦乐则在那儿接受他的特工培训。

"你也可以一起来参加，奈丽，"列娜－斯列娃在电话里对我说，"对于怪怪特工来说，总有新的东西要学。"

列娜－斯列娃是以前我在怪怪特工学院时的老师，是她教会了我跟怪物和鬼做斗争的基本技能。说到如何度过假期，我自然想不出有什么比

怪怪特工队

回到怪怪特工学院接受她那极为特别的培训更好的度假方式了。

女巫之夜

我和瓦乐的狗伦敦和艾巴,一下子就找到了去厨房的路,因为那里的厨师是伦敦的老朋友。

这天是瓦乐接受培训的最后一天。阳光明媚,列娜-斯列娃在大公园里的一张桌子上摆满了各种植物和根茎。

"在数千年的历史中,人类认识了草药的效力。"列娜-斯列娃说。看得出,她觉得当老师是一件极为有趣的事情。

瓦乐已经通过了到目前为止的所有考试。他学会了作为一名怪怪特工必须掌握的事情,比如,走路完全不发出声音,单独和一大群鬼魂共处一个小时,辨别狗与狼人的区别,等等。

而现在这堂课是关于神奇的草药。如果瓦乐也能通过这场考试,他将得到一枚特工胸针,成为第11号特工。现在他正非常用心地听我们的老

怪怪特工队

师讲课。

列娜－斯列娃用镊子夹起一块有很多结节的根茎。"我的朋友们,这个是著名的茄参。它能保护我们,给我们带来幸运,但处理时必须极为小心。"

瓦乐好奇地走近了一步，可列娜-斯列娃却做了一个制止的动作。

"别碰！"她说。

"可如果我们不能碰它们，那又怎样去采摘呢？"瓦乐问。

我用眼角的余光看到有个人正靠在一棵树旁，很仔细地观察着我们。

列娜-斯列娃也看见了他，然后就发生了一件非常奇怪的事情。

"这都不明白吗，小屁孩？"她突然很生气地对瓦乐说。

"不明白……"瓦乐回答道。他对老师不悦的

训斥感到很惊讶。

"我们在一条黑狗的尾巴上系一根绳子，"列娜-斯列娃生气地说，"然后狗就把茄参拔出来了。"

"这样啊。"瓦乐一脸困惑地说。

我替我的朋友感到委屈，于是双手叉腰，问："你为什么这么生气？"

列娜-斯列娃再次迅速地看了一眼远处那个神秘的男人，然后喝道："课上保持安静！"

我瞥了一眼那男人，他穿着一件长长的黑色大衣，头上戴着一顶毡帽。

只见他从口袋里拿出一个笔记本，记下了什么，然后继续盯着我们看。

他的存在明显地影响到了列娜-斯列娃，但她仍然假装什么都不知道的样子，继续介绍："有

些草药可以缓解疼痛，有些可以给大象催眠，还有些可以让你变得精神抖擞、行动敏捷。"

瓦乐和我被要求上前做实验。我们对那些草药进行研磨、混合，并把它们装进不同的试管里。

在整个过程里，列娜－斯列娃都十分不耐烦地冲我们抱怨和嘀咕着什么。

随后我们写好标签，用细长的玻璃滴管往每一个试管里加入一些液体。

"现在把你们的液体准备好，"老师严肃地说，

怪怪特工队

"别让我看到你们因为粗心犯错！在有些情况下，正确的混合液可以派上非常大的用处。"

我偷偷地看了看瓦乐，他正不解地摇着头。老师这是怎么了？她通常都是很和蔼可亲的啊。

当我们学会了配制爱的饮料——这种饮料可以让一个人爱上任何其他人——和一种能够导致腹泻的粉末后，我们的老师重新换回了平常那种友善的声音："嗯，今天就到这里了，你们真是太能干了！"

"谢谢……"我惊讶地看着她，**自言自语**道。

"我通过考试了吗？"瓦乐问，"现在我可以得到我的特工胸针了？"

列娜-斯列娃轻轻地拍了拍瓦乐和我的脸，露出了微笑。我叹了口气，不明白这究竟是怎么一回事。现在我们的老师终于变回了和蔼的样子！

女巫之夜

列娜-斯列娃把桌子上的东西收拾好,**一言不发**地走回了怪怪特工学院。

我朝之前那个男人站着的地方看去,可这时他已经不见了。

第二章
一张请柬

这天晚上,瓦乐、我、列娜-斯列娃和汉尼拔伯伯四个人坐在特工学院大厅的壁炉前。

我们喝着茶,吃着面包。我们的两条狗在厨房里玩了一天,此刻也**心满意足**地躺在厚厚的地毯上,享受着温暖的炉火。

汉尼拔伯伯刚刚跟我们讲了他最新完成的任务:他去了趟北美洲,帮助一个死去的印第安酋长的鬼魂——这个鬼魂误入了纽约的地铁。

我、瓦乐和列娜-斯列娃大笑着,看起来列

女巫之夜

娜-斯列娃的坏情绪已经**烟消云散**。

我充满兴趣地看着她。白天的时候她到底是怎么回事,我心想,公园里那棵树下的神秘男人又是谁呢?

"呃,列娜-斯列娃……"我开口说,"有一件事我想不明白。"

"嗯。"老师抿了口热茶,回答道。

"今天上课时发生的那件事,"我继续说,"我在想你为什么会变得那么……"

"叮咚!"这时门口突然响起了铃声。

"这么晚了,会是谁呢?"汉尼拔伯伯皱起了他那浓密的眉毛。

列娜-斯列娃狡黠地朝他笑了笑,放下手中的茶杯。

"如果一切如我所愿,那么我猜我知道是谁来

了。"说着,她站起了身。

汉尼拔伯伯、瓦乐和我互相看看对方,完全**不明就里**。但不一会儿列娜-斯列娃就回来了,脸上挂着大大的笑容。她**得意扬扬**地举起

女巫之夜

一个信封。

"是谁啊?"汉尼拔伯伯问,"你手里拿着什么东西?"

"是约尔肯·克洛普伯爵的管家。"列娜-斯列娃答道。

"约尔肯·克洛普伯爵?"我惊讶地说,"他是谁?"

"他住在离这儿不远的一栋古老的石头城堡里。"列娜-斯列娃解释道。

说到这里,老师降低了声音,小声说:"我觉得……"

我们其他人凑过身去,连伦敦也好奇地竖起了一只耳朵。不过艾巴却似乎对此**漠不关心**。

"你觉得什么?"汉尼拔伯伯问。

"我觉得,"列娜-斯列娃接着说,"我觉得这位伯爵是……是一个巫师。"

"巫师?"瓦乐说,"听起来好可怕!巫师是干吗的?"

列娜-斯列娃挠挠脖子,似乎在想该怎么解释这一切。

"我必须承认,我还不知道所有细节,"她说,"不过巫师可以把女人变成女巫。"

"把哪些女人变成女巫?"汉尼拔伯伯充满兴趣地问。

女巫之夜

"他似乎只对那些生气的、失望的、不满的女人感兴趣。"

"也就是说,巫师把那样的女人变成了女巫?"瓦乐说,"太**不可思议**了!"

"我还不能十分确定,但我觉得是这样的。"列娜-斯列娃回答。

"可这是为什么呢?"我问。

这时候我开始明白,之前在公园里上课时,老师为什么要那么生气。她是想引起那个巫师的注意,跟他取得联系!

列娜-斯列娃又顿了顿,回答说:"也许是为了让她们变得不那么危险。"

汉尼拔伯伯清了清嗓子说:"你的意思是,他把那些生气的女人变成女巫,是为了让她们变得不再危险?这听起来好奇怪。女巫通常是有魔力

的啊。"

列娜-斯列娃点头表示同意,继续说:"赋予她们魔力——他肯定是用这种方法来吸引她们的。不过他并不是帮助这些女人解决掉那些令她们生气的问题,而是把她们送去布罗库拉,那样她们就不会造成伤害了。"

"布罗库拉这地方真的存在吗?"瓦乐吃惊地问。

这让我想起了我小时候的事。那时到了复活节,我们就会扮成女巫去讨要糖果,然后假装骑着我们的扫帚去布罗库拉。可是我们都不认为真有那么一个地方存在,那只是一个游戏。可现在列娜-斯列娃却说布罗库拉是存在的!

"是的,每年复活节前的星期四,所有的女巫都会去那里。"她说。

女巫之夜

"复活节前的星期四?那就是明天了。"汉尼拔伯伯说。

"约尔肯·克洛普伯爵的管家想要干什么?"我问。

列娜-斯列娃从信封里抽出一张纸,满意地说:"朋友们,这是一张参加女巫之夜的请柬。"

第三章
客人到了

列娜-斯列娃给车减了速,拐进了一条僻静的小路。汉尼拔伯伯坐在副驾驶的位子上,他戴着耳机,拧开了放在膝盖上的一台机器。

瓦乐和我坐在后排座上,我们把装着神奇草药的包背在胸前。车窗外,月光照着大地,我们正在去往巫师约尔肯·克洛普家的路上。

"奈丽、瓦乐,请你们原谅,"列娜-斯列娃说,"我不得不想个办法来参加这顿晚宴,上课的时候我用那么凶的语气对你们就是这个原因。"

女巫之夜

"站在树下戴毡帽的那个男人,就是约尔肯·克洛普的管家吧?"我问。

列娜-斯列娃点点头,回答说:"是的,我已经监视他和伯爵很久了。我基本可以肯定,他们参与了这件事。"

"参与了这件事?"瓦乐重复道。

"有传闻说,复活节期间有一些女人离奇失踪,很可能是管家找到这些女人,并报告给伯爵的。"

"别忘了你耳环上的麦克风。"汉尼拔伯伯说。

列娜-斯列娃笑着摇了摇头,从后视镜里看看自己,好确认她的口红没有画歪。

约尔肯·克洛普邀请列娜-斯列娃去参加他所谓的女巫之夜。他在信里承诺,这将是一场华美的晚宴,一场将会改变她生活的聚会。信的最后还说,一切都必须保密。

不过我的老师要在今晚戴一个麦克风去石头城堡,这样我们其他人就可以听到晚餐时他们都在聊些什么了。

"就这里吧。"列娜-斯列娃说着,把车拐进

了一条碎石小路。

"我们到了吗?"我问。

"快到了,"列娜-斯列娃说,"我觉得最后一段路我们要悄悄地过去,不能让其他人看见你们跟着我。"

列娜-斯列娃熄了火,我们从温暖的车里下来。夜晚的空气很冷,我打了个寒战。汉尼拔伯伯打开后备厢,拿出一个背包。然后他把食指放在嘴前,向我们其他人点了点头。

我们开始在树林间悄悄地穿行。列娜-斯列娃**一反常态**地穿着长裙和高跟鞋,看起来实在有点儿好笑。汉尼拔伯伯仍然戴着他的耳机。

走到树林的尽头,我们来到一片巨大的、修剪得很好的草坪前。草坪的对面就是今晚行动的目的地——石头城堡!

怪怪特工队

"哇,"瓦乐小声说,"好棒的地方!"

约尔肯·克洛普伯爵的住处真的非常漂亮!一栋石头建造的高大建筑,塔楼和尖顶高高地伸向深蓝色的夜空。

城堡高处的窗户里亮着灯光。

"我被邀请去那里参加晚宴。"列娜-斯列娃满意地小声说道。

"然后一不留神,就变成了女巫。"我补充道。

"嘘——"瓦乐突然压低声音说。

我们在灌木后面蹲下来,看见一辆出租车驶

女巫之夜

了过去。车子停在碎石铺成的空地上,从上面下来两个衣着华丽的女人。

城堡的大门打开了,那两个女人被请了进去。

"我该入场了。"列娜-斯列娃说着,从灌木后面站了起来。

她走到路上,朝那栋雄伟的建筑走去。

汉尼拔伯伯按下了他机器上的一个按钮,从一个小扬声器里传来噼噼啪啪的声音。突然,我们三个人都听到了列娜-斯列娃说话的声音:"我在想伯爵会请我吃什么呢?我真有点儿饿了。来点儿肉丸子应该不错。"

"运行良好。"汉尼拔伯伯指了指那台机器,满意地说,"我们能听见你说的每句话。"

我们看着列娜-斯列娃来到城堡前,在那扇巨大的门上敲了敲。门打开了,扬声器里传来列娜-斯列娃的声音:"我受邀来参加今天的晚宴。"

一个浑厚的男声回答说:"伯爵在大厅恭候您。"

列娜-斯列娃走了进去。等门关上之后,汉

女巫之夜

尼拔伯伯小声说:"上!"

我们猫着腰穿过草坪,朝城堡跑去。此时,一轮硕大的满月正挂在越来越暗的天空中。

一只猫头鹰在一棵树上发出不祥的叫声。

第四章
奈丽生气了

来到了约尔肯·克洛普家的外面,我们将身体紧贴在大门旁边那面冷冰冰的石头墙上。

我们停了一会儿,好让自己喘口气。然后汉尼拔伯伯打开了他的机器。

"欢迎光临,女士们。"我们听见一个男人在扬声器里说话。

汉尼拔伯伯把音量调小了一点儿,以免里面的人听到我们在偷听他们讲话。

"这肯定是约尔肯·克洛普伯爵。"瓦乐小

声说。

这时我们听到列娜-斯列娃在那里咯咯咯地笑。

"啊,伯爵吻了我的手,您可真是一位绅士。"

这声音听起来比平时要欢快。

"她这样子可真傻。"我小声地对瓦乐和汉尼拔伯伯说。

"一个女人就该像易碎的花瓶一样受到呵护。"我们听见约尔肯·克洛普伯爵回应道,"她应该是家里的一件装饰品。"

瓦乐看着我,开玩笑说:"奈丽·拉普,我漂亮的花瓶。"

他在我肩膀上吹了口气,假装用外套的袖子擦洗我。

"住手,否则我要发火了!"我生气地回应

道。我开始知道那个约尔肯·克洛普是个什么样的人了。

"宇斯特拉小姐,"我们听见伯爵说,"您的皮肤就像月亮一样有光泽,您的手指上还没有戒指?这是什么原因呢?像您这么漂亮的美人应该有一位男士在您身边保护您的。"

"很高兴能来这里。"一位女士用带着芬兰口音的瑞典语回应道。

我感到肚子里的火气直往上蹿。

"他太恶心了!"我小声说。

汉尼拔伯伯和瓦乐不解地看着我。

扬声器里又传来伯爵的声音:"我猜这位一定是小法比亚娜了,您身上的香味就像蔷薇花一样。"

"谢谢,伯爵先生。"这位女士回答道。显然她就是法比亚娜。

我看了看汉尼拔伯伯和瓦乐。

"你们没有听到吗?"

"听到什么?"瓦乐问。

我摇了摇头,心想,难道仅仅因为我是女孩,

所以才觉得伯爵对待客人的方式有问题吗？

"他谈论的都是她们的长相怎样，有没有结婚，闻起来是什么味道的！你们没有听见吗？"

"我觉得他很友好啊。"瓦乐回答说。

"这不是很棒吗？"汉尼拔伯伯说。

"什么？"我生气地说。

"我是说这机器运行得很棒！我们能听到他们说的每一个字。"

我深深地叹了口气，转过去看着瓦乐，想要告诉他，作为一个女孩，听到有人总是谈论别人的外貌是一种什么感受！

"嘘——"这时汉尼拔伯伯突然小声说。

从机器的扬声器里，我们听到约尔肯·克洛普伯爵在城堡里说："我感到很荣幸，今晚能够作为东道主欢迎三位如此可爱的小人儿来这里。晚

宴将在楼上的餐厅举行。楼梯在这边,请上楼吧,女士优先。"

瓦乐、我和汉尼拔伯伯抬头看看城堡。我们

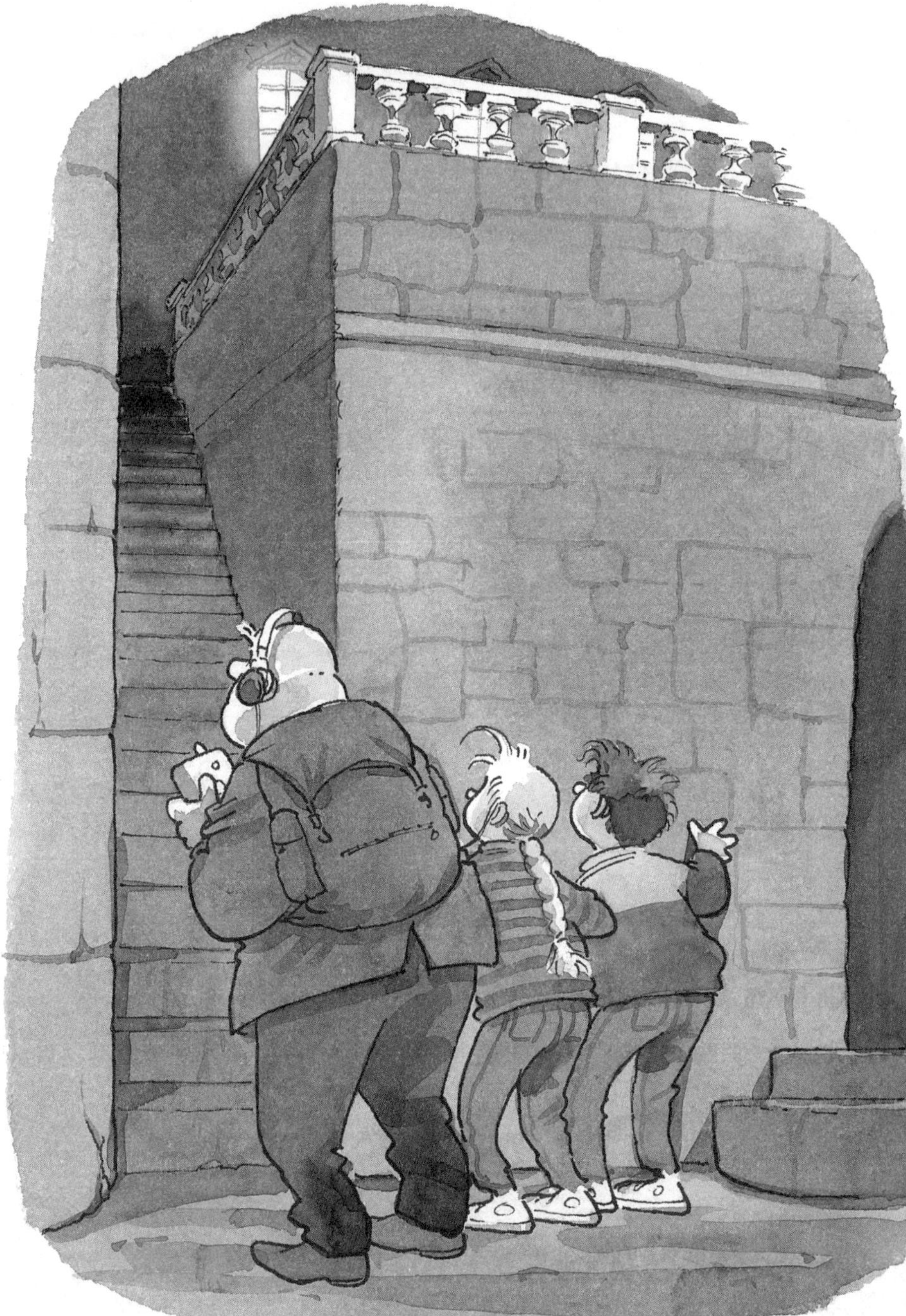

女巫之夜

看见有一条窄窄的楼梯通向一个阳台。

阳台里面的那个房间亮起了灯光。

"他一定是带她们去那里了,"汉尼拔伯伯小声说,"跟我来!"

第五章

够了！

我们**小心翼翼**、**蹑手蹑脚**地爬上楼梯，抵达了那个阳台。接着就像夜里的影子一样，我们慢慢地、**悄无声息**地来到那扇亮着灯的窗户面前。我为瓦乐感到自豪，因为他表现得非常好。

我充满赞许地瞥了他一眼，他也回看了我一眼，在右边眉毛的上方挠了挠，这是怪怪特工们表示明白了的手势。

我们把身子往前探去，偷窥屋子里的状况。他们在里面！

女巫之夜

约尔肯·克洛普伯爵正帮一位皮肤白皙的女士把椅子摆好。她坐好之后，挺了挺身子，正好背对着我们。

"谢谢，您真客气。"她用带着芬兰口音的瑞典语说。

"宇斯特拉。"我小声说。

"那另一位女士一定是法比亚娜了。"瓦乐说。

列娜－斯列娃坐在宇斯特拉和法比亚娜对面，她看起来一副**心满意足**的样子。

伯爵是一个留着细长八字须的男人，头发梳得乌黑油亮。他在燕尾服的里面围了一条很宽的红色围巾。

这会儿他正背着手在屋子里走来走去。

壁炉台的上面放着一个闹钟，此刻正好敲了十一下。

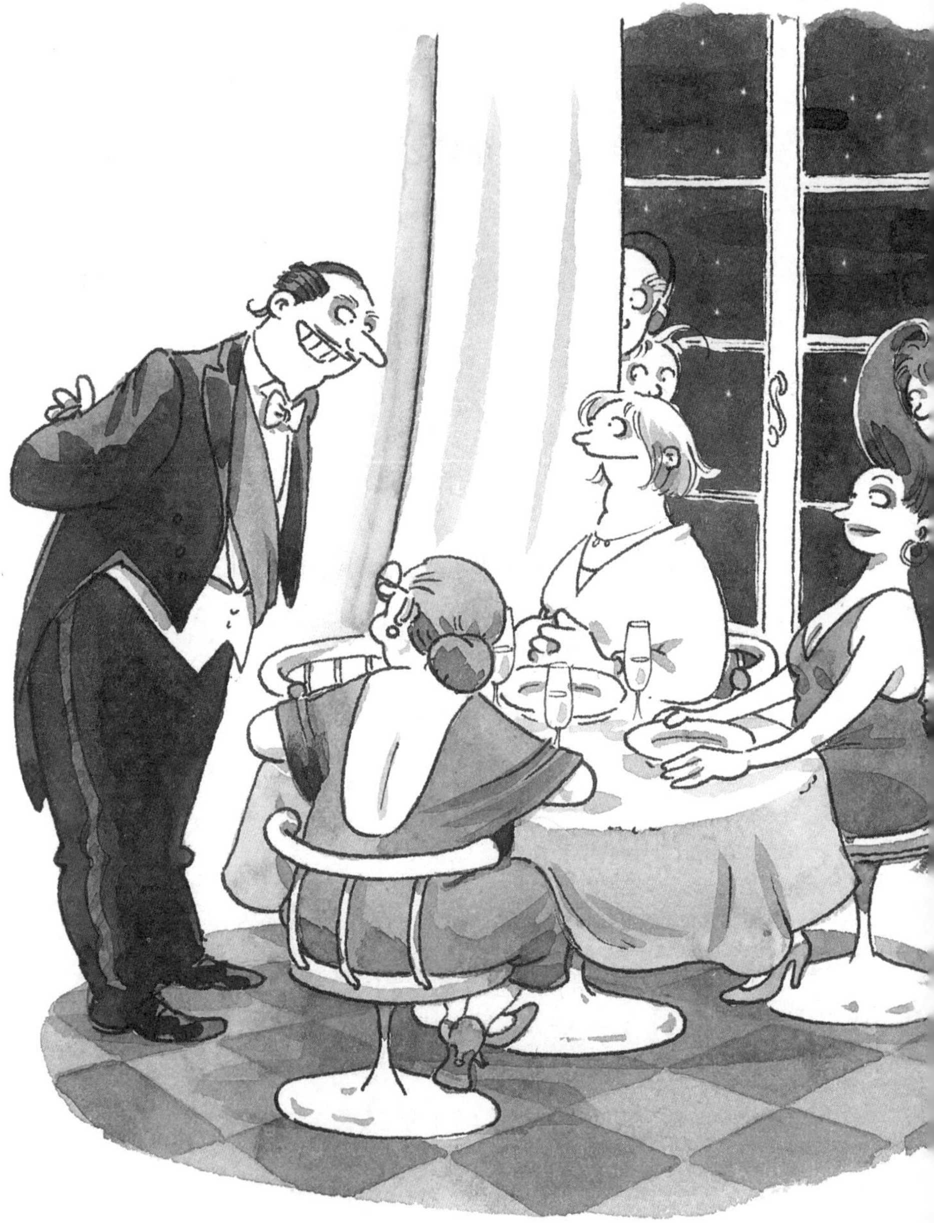

女巫之夜

伯爵清了清嗓子，开始面带微笑地解释道："今晚我请你们来这里，是为了提供一样东西给你们，你们肯定不会反对的。"

房间的门打开了，管家走了进来，开始给大家盛汤。

"昨天来听我们上课的就是这个男人。"我小声地对阳台上的其他人说。

伯爵没有在桌子旁坐下来，而是继续在房间里走来走去，他说："你们全都是非常可爱的女性，但我却不得不遗憾地告诉自己，你们也是非常容易愤怒的女性。"

约尔肯·克洛普深深地叹了口气，又摇了摇头，然后继续说："没有什么比一位愤怒的女士更让我感到难过了。"

"那是你还没有遇见我呢！"我在窗外**咬牙切**

齿地说,"到时候你肯定会非常难过的。

"嘘——"汉尼拔伯伯对我说,"镇静一点儿,奈丽!他会发现我们的!"

管家离开了房间,约尔肯·克洛普继续他的长篇大论:"一个女人就像一朵花一样,那么纯洁,那么美丽,散发着芳香。可是一个愤怒的女人……"

"够了!"我在阳台上生气地说,"我们就不能愤怒吗?这太愚蠢了……"

还没等我说完,瓦乐就捂住了我的嘴巴,小声说:"奈丽,想想那三个要诀!镇静、知识和技巧。做个深呼吸,努力让自己安静下来。"

汉尼拔伯伯一脸担忧地看着无法控制自己情绪的我。这时我明白,我必须努力约束一下自己。

"让我来问你,宇斯特拉,"约尔肯·克洛普继续笑着说,"你为什么要愤怒?"

女巫之夜

宇斯特拉放下勺子,擦了擦嘴巴。

"我在银行工作,"她说,"上星期我跟老板谈了一下我的薪水问题。你们知道吗,我所有的男同事拿的薪水都比我高!"

宇斯特拉用拳头砸了一下桌子,盘子发出了

叮叮当当的声音。

"我应该去工会投诉!"

这时约尔肯再次摇摇头,非常坚决地说:"不要去工会,他们**无能为力**的。"

"我非常理解你的意思,"法比亚娜接过话茬,"我是老师,教室里总是吵得让我无法思考。通常都是男孩子们在那里捣乱,可是当我跟他们父母诉说的时候,他们只是笑笑,回答说:'男孩子就是男孩子,他们总是这样的。'我气坏了,都快炸了。我要去找校长!"

"别去找校长,"伯爵说,"这不是正确的方法。"

这时列娜-斯列娃开口了:"上周我坐公共汽车的时候,有个男的捏我屁股,还在我耳边说一些很可怕的话!我们女人为什么要容忍这些?!"

列娜-斯列娃愤怒地看了看围坐在桌子旁的人,她看起来真的非常生气。

"我们应该去报警。"她愤怒地说,声音大得刺耳。

"不,"伯爵举起双手,平静地说,"你们不应该报警,或者去找校长和工会。我可以帮助你们,让你们消消气。"

一桌女人全都怀疑地看着约尔肯·克洛普。他能做什么呢?她们似乎都在这么想。

突然,汉尼拔伯伯的扬声器里发出了噼噼啪啪的声音。

"怎么了?"瓦乐问。

我往屋里一看,发现列娜-斯列娃坐在那里摆弄她的发型。她似乎忘了耳环后面安着麦克风。

我们看见他们正在屋里愤怒地说话,可是汉

怪怪特工队

尼拔伯伯的扬声器里依然传出噼噼啪啪的声音，我们什么都听不到。

只见宇斯特拉挥舞着胳膊，而法比亚娜则攥紧了拳头，在空中挥动。

这时，我们突然听到了扑通一声。

"那是什么？"汉尼拔伯伯问。

"我觉得……"我说，"我觉得是列娜-斯列娃的麦克风掉进了汤里！"

第六章
瓦乐有了主意

约尔肯·克洛普伯爵城堡里的交谈还在继续。就连管家上主菜的时候,那三个女人也没有停下来。她们似乎变得越发生气了。可是他们究竟在说些什么,站在屋外阳台上的我们一个字都听不到了。

"我们必须听到他们在说什么,"汉尼拔伯伯叹了口气,"列娜-斯列娃很可能陷入非常危险的境地。"

我朝屋里看去,法比亚娜正往桌子上捶拳头,

而伯爵依然在那里走来走去,脸上挂着狡黠的微笑。

突然,他朝窗外指了指,有那么一秒钟,我的心脏几乎骤停了。

他发现我们了吗?

呃,没有。约尔肯·克洛普好像在指月亮。

"你的背包里有绳子吗?"瓦乐突然问。

"当然有,"汉尼拔伯伯说,"这里面有所有生存必需品——绳子、剪刀、鱼钩、小刀、一顶小帐篷,还有火柴。"

"我觉得我知道该怎样继续偷听他们的谈话了。"瓦乐小声说。

他指了指阳台旁边立在墙上的一架消防梯。

"爬到房顶上去?"我问。

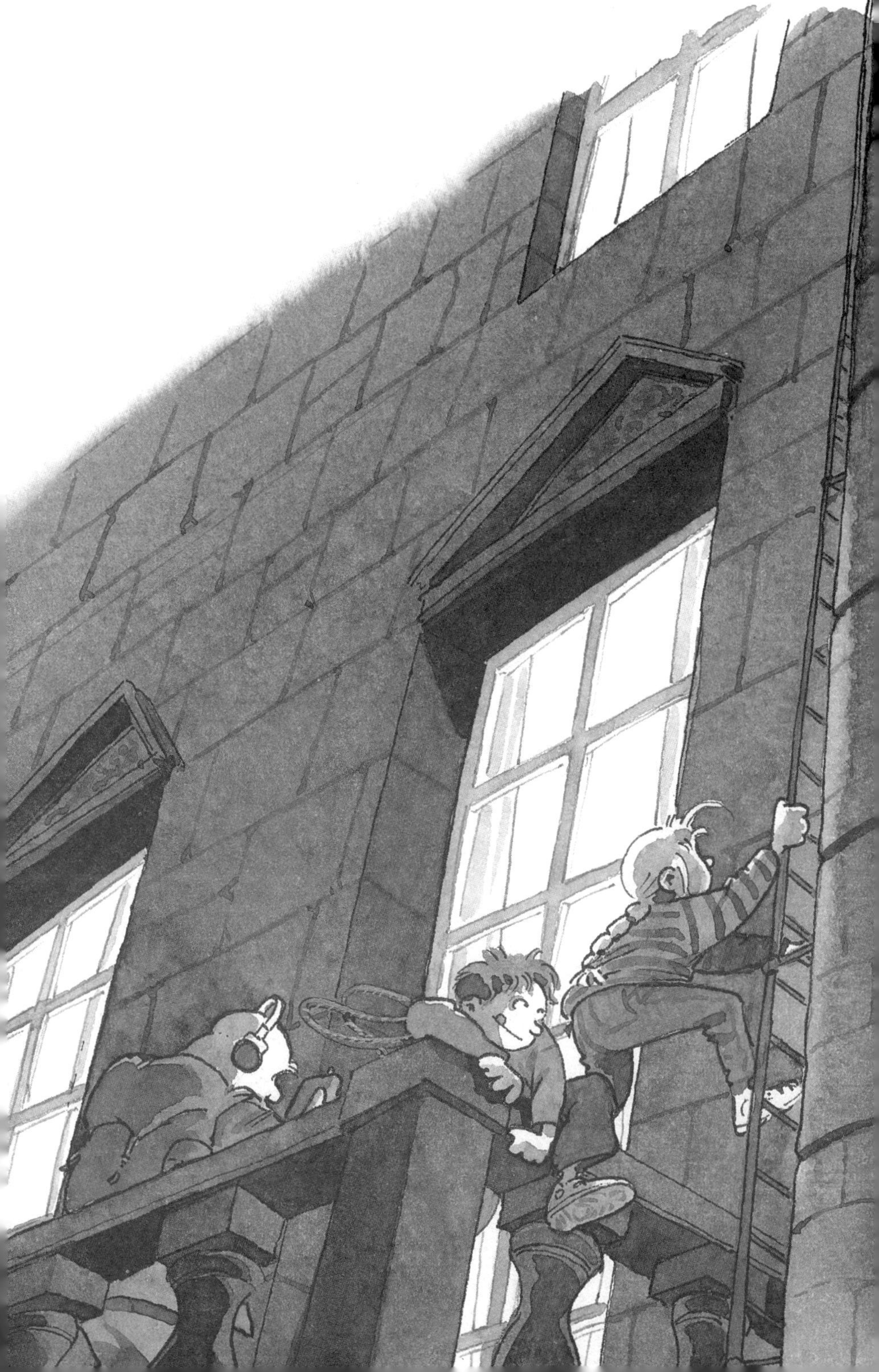

"然后从烟囱里爬下去。"瓦乐笑着说。

"你疯了啊。"我说。

"我们总不能把她留在危险中吧?"瓦乐说。

就这么决定了。我跨上阳台的栏杆,爬上了梯子。

"我留在这里看着你们的包和窃听设备,"汉尼拔伯伯在我背后小声说,"我太胖了,估计爬不进烟囱里。"

我在右边眉毛的上方挠了挠,然后开始往上爬。我听见瓦乐紧随在我身后。当爬到屋顶后,我一眼就看到了烟囱。

黑色的铁皮屋顶上,放着另一架梯子,那肯定是给烟囱清洁工用的。

铁皮屋顶是斜面的,我继续往上爬,不一会儿,我就站到了砖砌的烟囱旁。瓦乐胸前挂着汉

女巫之夜

尼拔伯伯的绳子,爬得像松鼠一样敏捷。

"你上还是我上?"他问。

"我可以上,"我回答说,"但你得保证拽紧绳子。"

瓦乐点点头。我爬了上去,趴在了烟囱口上。

怪怪特工队

"如果我抖一下绳子,你就别往下放了;如果我抖三下,你就把我拉上来。"我小声说。

我把绳子绑在脚上,极其小心地钻进了烟囱。

我头朝下,瓦乐用脚顶住烟囱,开始把我往下放。烟囱的管道里黑黢黢的,一股煤烟的气味。我能看见烟囱尽头的亮光。瓦乐继续往下放绳子。

终于接近壁炉了,这时我听到了宇斯特拉的声音:"我踢足球的时候,我们女队得到的总是最差的训练时间。永远都是男孩们先训练,晚上很晚的时候女孩们才能去球场。"

我听到有人又用拳头捶了一下桌子。

约尔肯·克洛普用平静的语气说:"哦,也许小姑娘不应该去踢足球,她们会被踢出瘀青的。不过我明白你们很生气,想要反抗。"

我意识到自己已经到了烟囱很下面的位置,于是用脚抖了一下绳子。瓦乐收到信号,我立刻在半空中停了下来。

我听见约尔肯·克洛普继续说:"临近复活节,今晚又是满月,这时那种力量会特别强大。再过半个小时,你们就可以坐上扫帚了,女孩们!当时钟敲响十二下的时候,你们就有机会飞去布

罗库拉了。"

"我们为什么要去布罗库拉?"列娜-斯列娃问。

"为了变成女巫。"伯爵用低沉的声音回答道。

桌子旁陷入一阵沉默,然后伯爵接着说:"学会使用咒语和魔法,你们就可以反抗了。有了约尔肯·克洛普伯爵,谁还需要警察、校长和工会?!"

三人又沉默了几秒钟,随后宇斯特拉突然爆发了:"应该让他们领教一下!把你的魔力给我,我肯定会去改变他们的。我要成为银行里薪水最高的那个人。"

"他们会吞下自己种的苦果!"法比亚娜大喊道。

"你们看我胸前的这条红围巾,"伯爵继续说,"这就是巫师的象征。这条围巾是从十五世纪传承

下来的,它给了我力量,能把你们变成女巫。"

屋子里又是一阵沉默。随后约尔肯·克洛普说:"今天晚上有点儿冷,我建议我们给壁炉点上火。"

我听见了他划火柴的声音!

第七章
汉尼拔伯伯去敲门

我惊恐地看到伯爵用火柴点着了我身下的干柴。

幸运的是,他没有往烟囱里面看,那样的话他肯定会不高兴的,因为烟囱里倒挂着一个小女孩,正在偷听屋子里的谈话。

我迅速地抖了三下绳子。这时我身下的壁炉已经开始冒烟了。我大大地吸一口气,闭上了眼睛。瓦乐立刻把我往上拉。我明白如果我再吸几口气的话,我就会咳出来,这样肯定就暴露了。

女巫之夜

快点儿,瓦乐!快点儿!我在心里默念着。

就在我的肺即将爆炸的时候,我的脚终于先被拉出了烟囱。随即瓦乐把我整个人拖出了烟囱口。

我大大地吸了几口新鲜、寒冷的空气。

"你身上的味道就像香肠一样!"瓦乐笑着

说,"而且看起来就像一个烟囱清洁工!"

"我们必须阻止他们!"我气喘吁吁地说,"伯爵要骗她们去布罗库拉,谁知道她们还能不能回来。"

"这真可怕。"瓦乐喘着气说。

"我们必须阻止她们!"我又说了一遍。

"可是……我们该怎么办呢?"

"我不知道,"我承认道,"但我们必须采取行动!"

瓦乐卷起绳子,把它挂到胸前。然后我们从屋顶爬了下去,回到阳台上。

汉尼拔伯伯仍然等在那里,正透过窗户往里偷看。

"我觉得我得……"瓦乐开口道,可是汉尼拔伯伯却打断了他。

"现在上餐后甜点了,很快大概就要上咖啡了。"

我站到了汉尼拔伯伯旁边,瓦乐在阳台上不安地走来走去。

"咖啡……"我重复道。

"我必须……"瓦乐喘着气说。

"你怎么了?"我小声说。

"我想撒尿,"瓦乐回答说,"我必须上厕所。"

"这里好像没有厕所,"我回答说,"去那里的那个大花坛解决吧!"

瓦乐立刻朝那个花坛跑去。汉尼拔伯伯把他一直看着的装着草药的背包递给我。

草药……我心想,咖啡……厕所……我们那神奇的草药。对,有了!我们可以这么做!

瓦乐在伯爵的花坛里撒完尿后,我把我的计划告诉了他们。汉尼拔伯伯露出了笑容,说:"这

计划可行！不过我们的时间很紧迫了！"

我最后一次往屋里张望，看了看壁炉台上的钟。十二点差二十二分！留给我们的时间只有一小会儿了。

我们跑下楼梯，来到供客人进入城堡的大门处。汉尼拔伯伯看着瓦乐和我，我们二人互相点了点头。

"开始行动！"我小声说。

我和瓦乐分站到门的两边，紧贴着墙。汉尼拔伯伯敲响了门。过了一会儿，管家开了门。

"晚上好。"汉尼拔伯伯说。

管家小声回应了一句，语气很是愤怒。

"呃，"汉尼拔伯伯继续说，"我吃完饭在附近散步，看见你们房子后面好像在冒烟。"

"冒烟？"

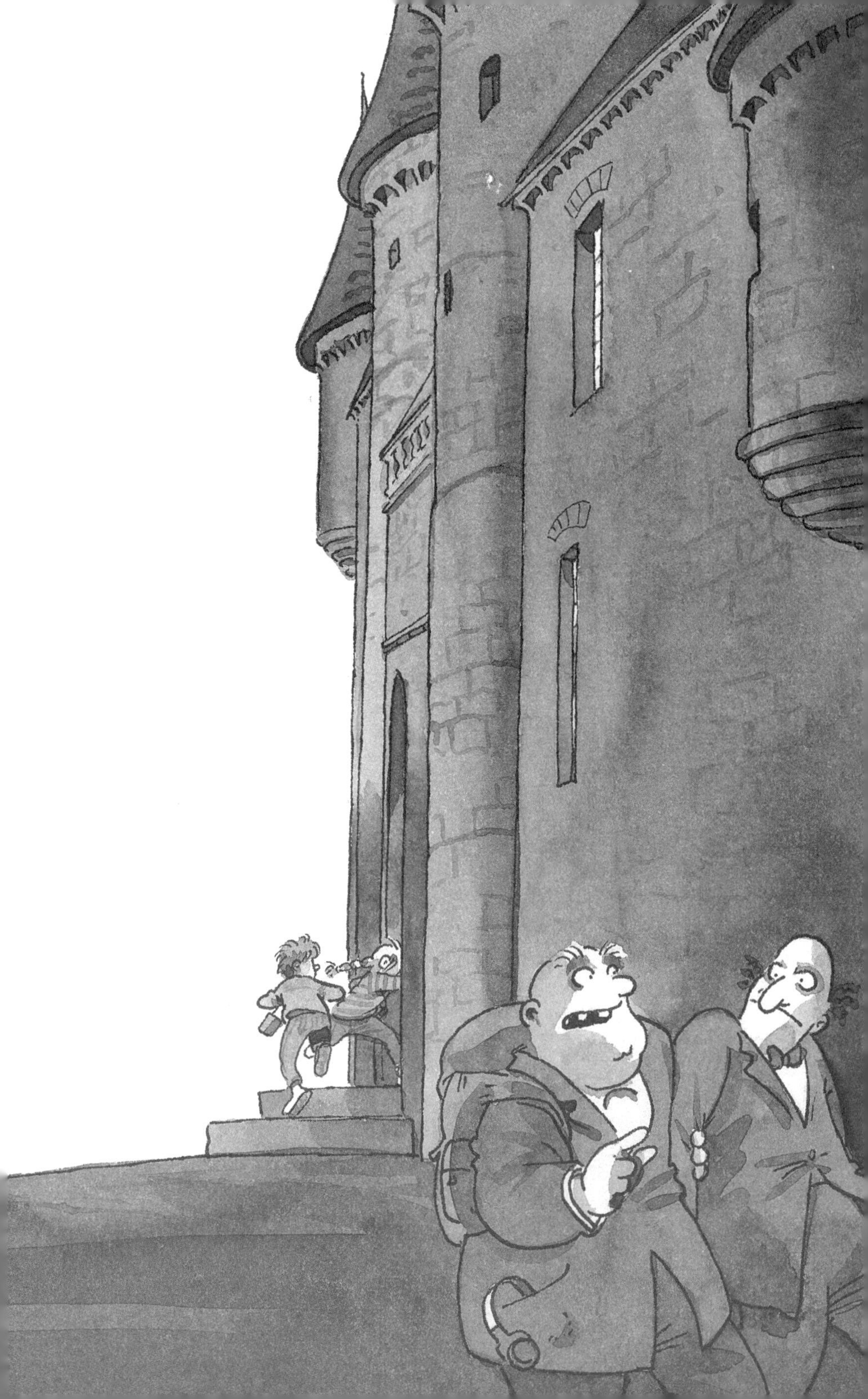

"是的，我想也许是什么东西着火了，要不要我带您去看一下？"

管家立刻从房子里走了出来，汉尼拔伯伯挽住他的胳膊，带着他绕过了山墙。这时瓦乐和我趁机潜入了约尔肯·克洛普的石头城堡。

我们迅速把那扇高高的大门关上，并且上了锁。

"等管家发现上当受骗而且又被锁在门外，他一定会发疯的。"瓦乐小声说。

"不过这样可以为我们拖延一点时间，"我说，"只要我们立刻行动，应该来得及！"

第八章
十二点差九分

我们悄悄地爬上楼梯。从一扇门里传来了宇斯特拉的声音。我把耳朵紧贴在门上,听见她说:"我准备好了,给我们力量,好让我们去反抗!"

"把我们变成女巫吧!"法比亚娜大喊道。

"安静,女孩们,"伯爵说,"很快就到十二点了,那时你们就可以乘着扫帚飞去布罗库拉了。"

"我们必须找到厨房在哪里,"我小声对瓦乐说,"没时间了!

瓦乐沿着走廊往前走了几步。

"在这儿。"他说。

我们走进了那间大厨房。

"咖啡已经做好了。"瓦乐小声说。

餐车上放着一壶咖啡还有杯子。

"汉尼拔伯伯敲门的时候,管家肯定是正准备上咖啡呢。"我说。

瓦乐打开他的背包,在一堆杂乱的东西中找了一会儿。

"找到了!"他说着,拿出了一根试管,读着标签,"要放多少?"

"我不知道。"我迟疑地说。

"全部放进去算了。"瓦乐说着,把试管里的所有液体全都倒进了咖啡壶。

我们看着壶里的黑咖啡在那里咕咕咕地冒泡。

"大黄的根、蒲公英、桂皮、姜和蓝莓。"我说。

女巫之夜

"还有一点儿茄参。"瓦乐说。

"什么?你把茄参也混进去了?"

瓦乐心满意足地点点头:"好让它起效更快一点儿!"

随后他念起一道列娜-斯列娃教给我们的魔法口诀:"巴拉巴拉巴拉。"

我看了看我的表。

"十二点差十四分,现在我们必须等……"

还没等我说完,我们突然听到大门外响起了重重的敲门声。

"是管家回来了。"我小声说。

敲门声越来越重,最后,约尔肯·克洛普、列娜-斯列娃、宇斯特拉和法比亚娜所在的餐厅的门打开了。

"好了,好了!我来了!"伯爵用恼火的声音大喊道,"延松你在哪里?如果你都不能去开门,我还要你这个管家干什么?延松!"

"管家的名字叫延松。"瓦乐说。

"上!"等伯爵下楼之后,我小声说。

女巫之夜

瓦乐和我用最快的速度推出了餐车。

我们把它推进了列娜-斯列娃和其他人所在的餐厅,并关上了门。我迅速地看了一下壁炉台上的钟:十二点差九分。

我们进屋的时候,坐在桌旁的三位女士惊讶地看着我们,而最惊讶的那个人是列娜-斯列娃——她张大了嘴巴盯着我们。

我偷偷地向她眨眨眼睛,她慢慢地把手举到脸上,在右边眉毛的上方挠了挠。

"给各位女士的咖啡。"瓦乐说着,迅速给她们一人倒上一杯,放在了老师、宇斯特拉和法比亚娜的面前。

这时我们听见约尔肯·克洛普伯爵上楼来了,嘴里愤怒地咒骂着!

第九章
我们失败了!

瓦乐和我绝望地互相看了一眼。我们该怎么逃出去呢?我们看了看列娜-斯列娃,她小心翼翼地冲着阳台的玻璃门努了努嘴。

瓦乐和我冲了过去,打开了玻璃门。

我们飞快地跑出去,身体紧贴着外面的墙。就在这时我们听见约尔肯·克洛普冲进了房间。

"这里到底是怎么回事?!"他大喊道。

"真是一个神奇的夜晚,"列娜-斯列娃平静地说,"还有美妙的咖啡,它喝起来是不是有点儿

大黄的味道?"

"还有蓝莓的味道。"宇斯特拉说。

"也许还有一点儿姜味,"法比亚娜说,"我还尝出一种我说不出来的味道。"

"是茄参。"瓦乐在外面的阳台上小声地对我说。

"什么?咖啡已经送上来了?"我们听见另一个男人的声音。

瓦乐又向我靠近了一点儿,小声说:"这一定是管家延松。"

我们听见屋子里的那三个女人放下了咖啡杯。

屋里响起了椅子摩擦地板的声音,他们往阳台这里走过来了!

黑暗中,我和瓦乐紧紧地贴着墙壁,希望他

们当中不会有人转过身发现我们。

约尔肯·克洛普带着女士们来到阳台的栏杆旁,他的胳膊下面夹着三把扫帚。

他给了列娜-斯列娃、宇斯特拉和法比亚娜一人一把扫帚,说:"骑上扫帚,你们就能飞去布罗库拉了。试试看吧,这会非常有趣的。"

"可是……"宇斯特拉迟疑地说,"我们该怎样找到那里,又该怎样回来呢?"

伯爵指了指那轮金黄的月亮,说:"只要径直向它飞去,你们就能在布罗库拉获得你们的魔力。借着魔力你们就能回来,然后就可以着手对付所有那些让你们生气的人了,**易如反掌**!"

宇斯特拉对这个回答似乎很满意,她和其他人把扫帚放到了两腿中间。

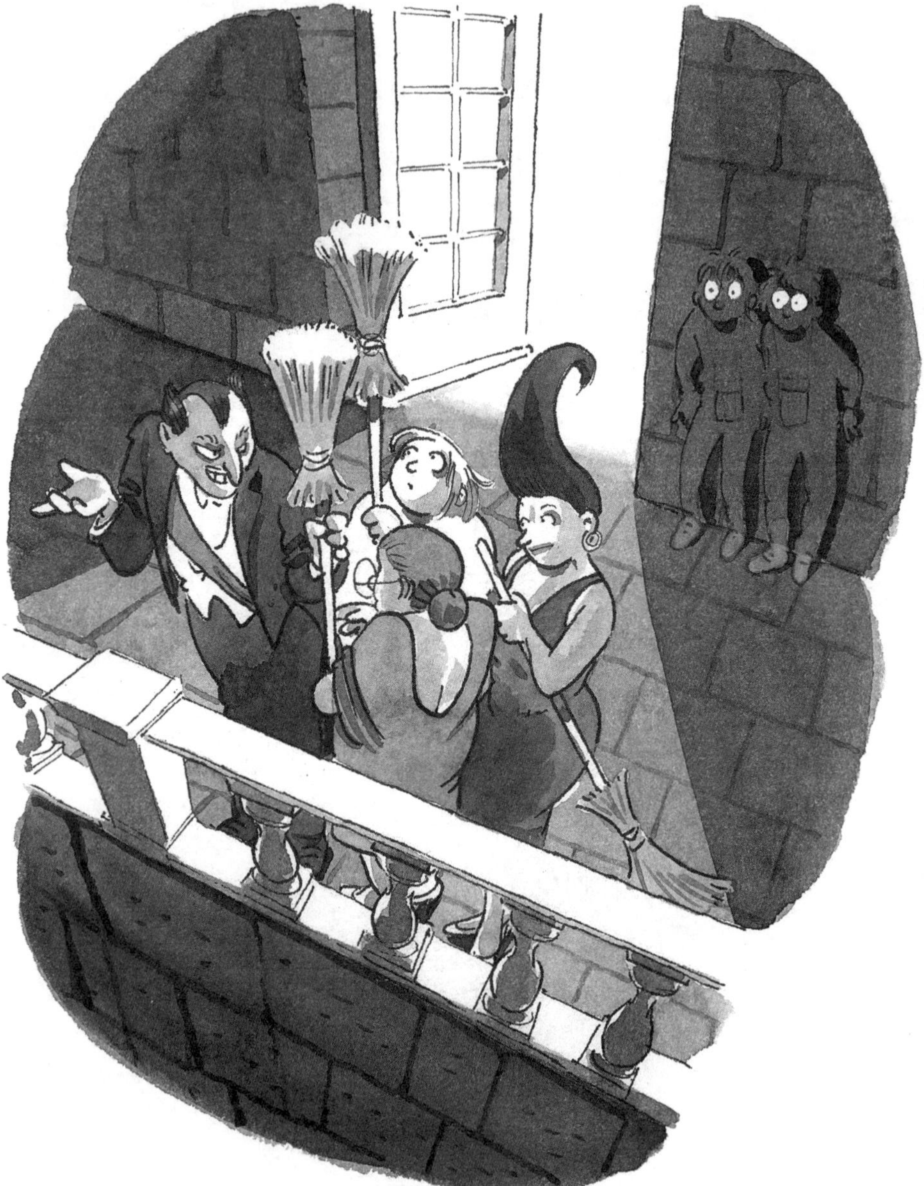

伯爵**喃喃自语**般念起了咒语：

"拉皮迪，鲁皮敦，现在让她们生长吧，努佩敦，塔佩迪，让她们从女人变成女巫。当她们飞走之后，一切都将恢复正常。"

我惊骇地看着巫师，原来是这个缘故！这一刻，我终于明白了他的计划。

我想跟瓦乐说，但又不敢，怕约尔肯·克洛普会发现我们。

"来试一下吧！"伯爵说，"把扫帚柄朝向天空。"

列娜-斯列娃、宇斯特拉和法比亚娜照着约尔肯说的做了，瓦乐和我惊恐地看到，她们稍稍离开了一点儿地面。刚飞起来的时候她们大笑着，因为开心而大声尖叫。

想在扫帚上保持平衡看起来很难，不过很快

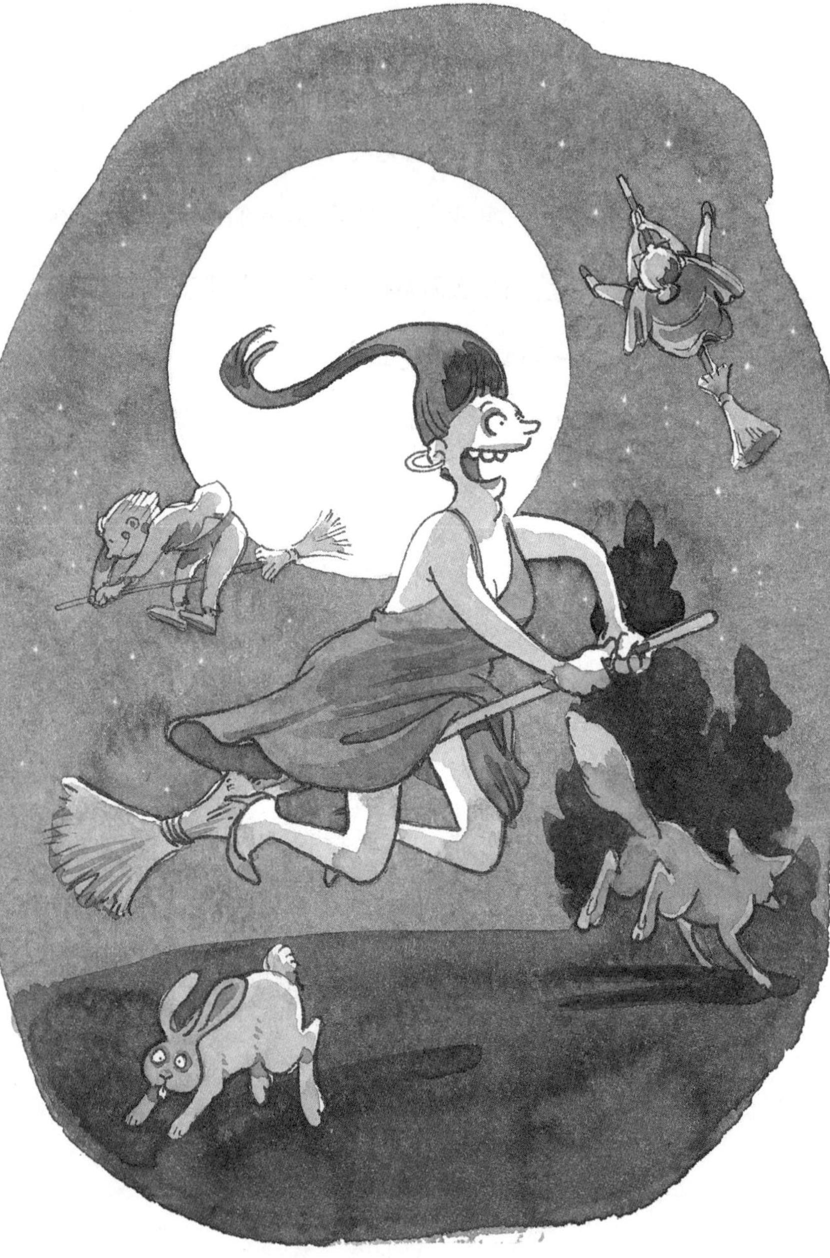

她们就学会了，列娜-斯列娃在那片巨大的草坪上拐了个弯，宇斯特拉和法比亚娜紧随其后，在空中你追我赶。她们飞上天空，然后又俯冲下来，画出一道道**惊心动魄**的弧线。

最后她们飞了回来，落到了阳台上。约尔肯·克洛普满意地向她们点点头。

"飞得不错，"他说，"现在你们该出发去布罗库拉了。准备好了吗？"

列娜-斯列娃、宇斯特拉和法比亚娜点点头。我担心地想，假如瓦乐和我的草药不能很快起效怎么办？万一它们压根儿没有效果怎么办？那样的话，这将是我们最后一次见到列娜-斯列娃了。

按照我的理解，如果约尔肯·克洛普**如愿以偿**，那么这些愤怒的女人将再也回不来了。

宇斯特拉又一次看着伯爵，她似乎没有被完

全说动。

"布罗库拉到底在哪里？"她问。

"在月亮的背面，"他回答说，"非常的容易……"

"真有这么容易吗？"宇斯特拉打断道，"我的意思是，我们飞向月亮，找到布罗库拉，得到魔力并且重新回来。就这么简单？"

伯爵平静地点点头，狡黠地笑了笑。

"别忘了你银行的男同事们拿着怎样的薪水，"他说，"想想你回来后，要怎么对付你的上司。"

当约尔肯·克洛普提到银行和宇斯特拉的上司的时候，宇斯特拉把扫帚拽得更紧了，她嘴里坚定地嘀咕道："我准备好了！"

这时列娜-斯列娃的肚子发出咕噜咕噜的声音。

女巫之夜

瓦乐轻轻地拍了我一下,竖起了大拇指。

"哎哟,"列娜-斯列娃低下头看看自己的肚子,"我觉得有点儿不舒服。"

"肯定是因为旅行前有点儿兴奋吧。"伯爵回答说。

就在这时,屋里壁炉台上响起了十二点的钟声。

"现在是魔力最强的时候,"伯爵用低沉的声音说,"出发,飞向布罗库拉!"

列娜-斯列娃、宇斯特拉和法比亚娜再一次抬起扫帚柄,从阳台上升了起来。

"再见了,你们这些愤怒的女人。"约尔肯·克洛普在她们身后喊道。他的语气听起来非常满意。

老师和那两个女人飞过城堡的草坪,然后越

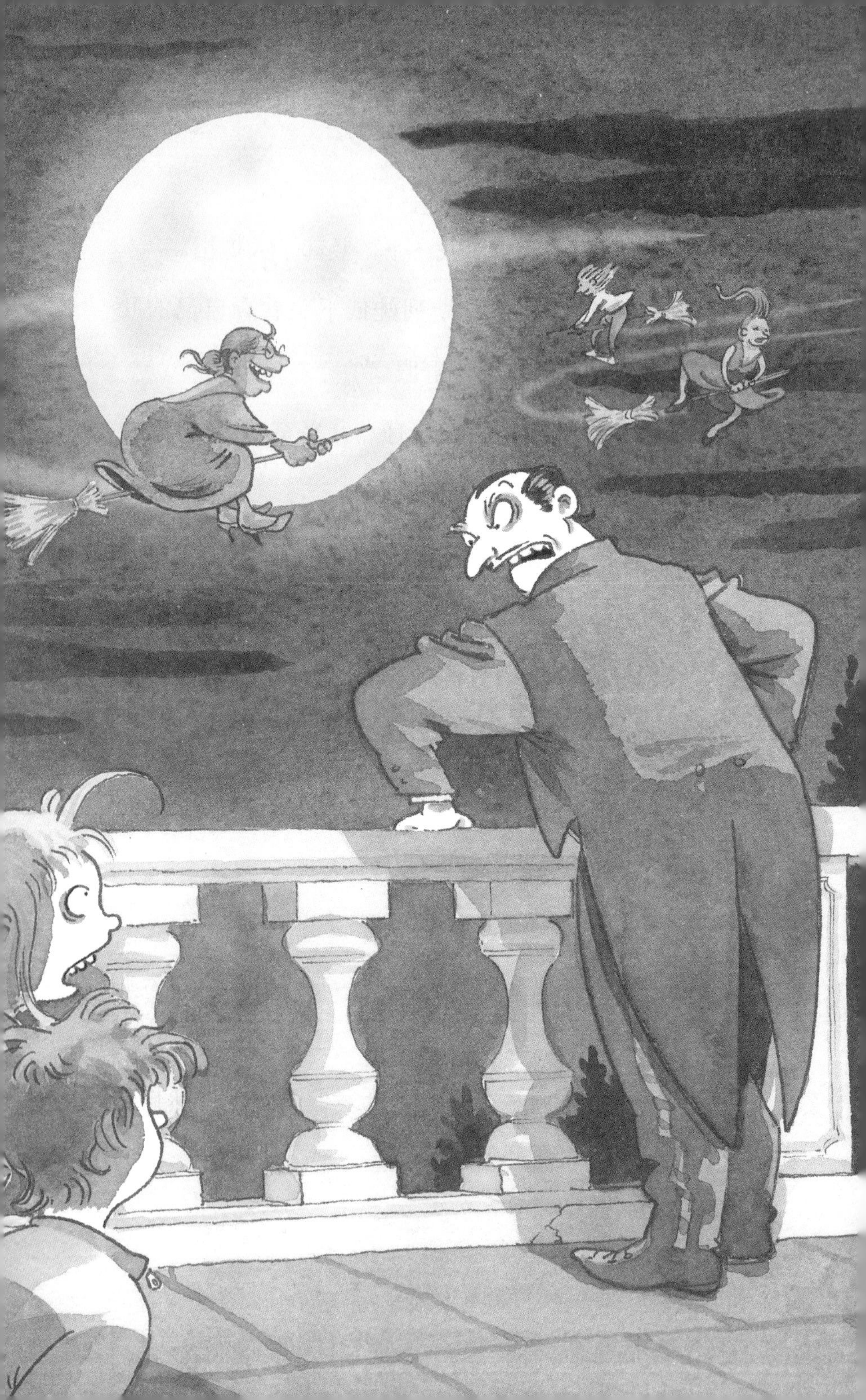

女巫之夜

过树梢,径直飞向了那轮大大的银白色满月。

我们失败了!

我一不留神,重重地叹了口气。

瓦乐惊恐地看着我,又看看约尔肯·克洛普——他猛地回过了头!

第十章

那布罗库拉呢？

约尔肯·克洛普伯爵迈着缓缓的步子朝我们走来。

"你们……在这儿……干什么？"他用幽幽的、颤抖的声音问。

他的呼吸粗重得就像一头愤怒的公牛。

瓦乐和我互相瞥了一眼。

"我们没想打扰您！"瓦乐小声说着,拉住了我的手,"走,奈丽！"

我们朝开着的玻璃门跑去,可是延松——伯

爵的管家——站在那里。

"我以前肯定见过你们两个。"他笑着说。

他以迅雷不及掩耳的速度伸出双手,抓住了我们,然后紧紧抓着我们的领子,把我们举了起来,紧接着他又把我交到了约尔肯·克洛普手里。

这下我们惨了!汉尼拔伯伯去哪儿了?管家和伯爵把我们拎到屋子里,关上了通往阳台的门。

"下楼,延松!"伯爵命令道。

他们把我们拎下了楼。

"我知道你在干什么。"我一边说,一边试图挣脱他的魔爪。

"小姑娘是不应该吵闹打架的,"伯爵摇摇头说,"我会很难过的。"

我想起了他对列娜-斯列娃和其他两位女士念的那道咒语。

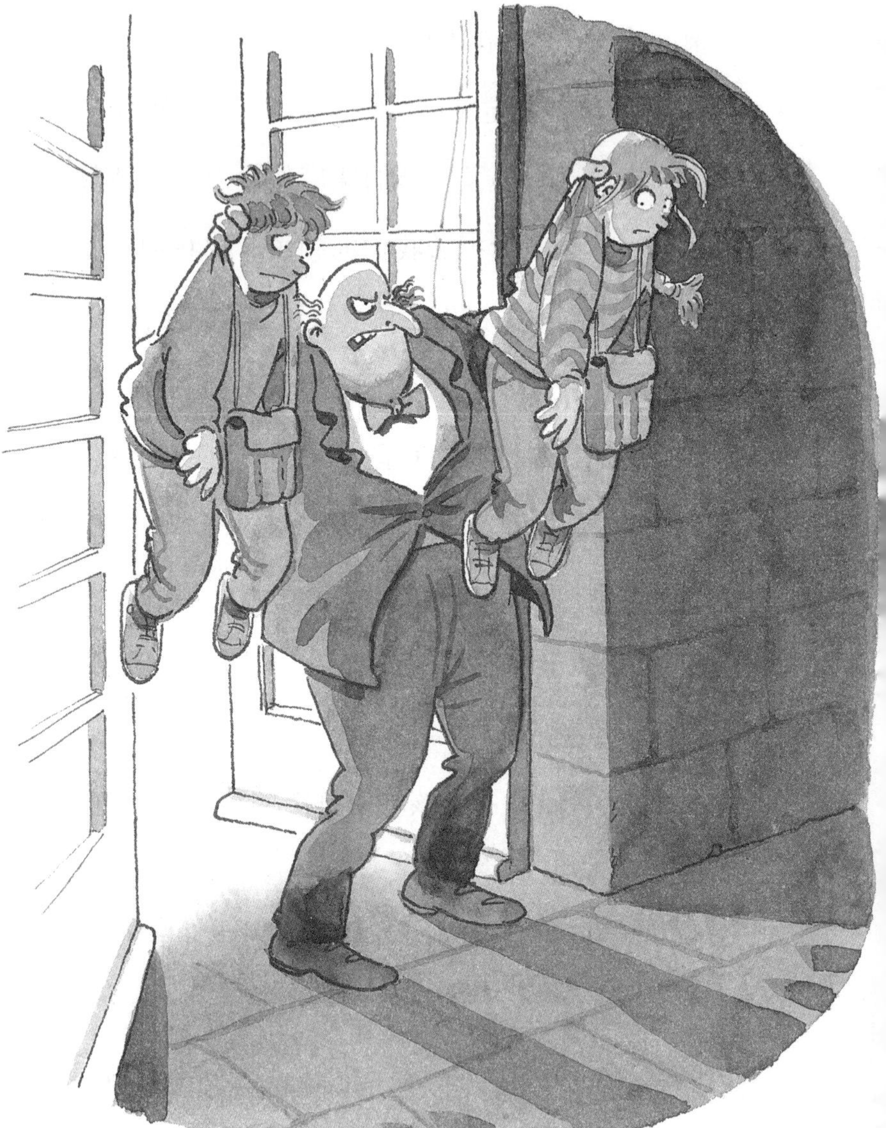

女巫之夜

"……当她们飞走之后,一切都将恢复正常。"我说。

"不错!"约尔肯·克洛普微微一笑,"每个人都应该去做他们最擅长的事情。男人们决定大事,而女人们做饭、照顾孩子。"

"而且所有人都应该像花一样漂亮!"我生气地说,感觉自己都快气炸了,"不能踢足球,不能做木匠,不能开挖掘机。"

"我做饭非常拿手,"瓦乐抗议道,"我会做马卡龙、香肠,还有……"

管家猛烈地摇晃瓦乐,他说不下去了。

来到楼下,我们看到了汉尼拔伯伯!他被捆着,坐在一张椅子上,嘴上贴了一条很宽的胶带。他还背着那个背包,在那里大声地哼哼,看起来非

常痛苦。

管家愤愤地扯掉了汉尼拔伯伯嘴上的胶带，随后他和约尔肯·克洛普背靠着大门站好，仿佛是为了告诉我们，从那里我们是出不去的。

"我们得把他们锁进地下室，"约尔肯·克洛普对他的管家说，"绝对不能让他们离开这里，否则他们会把看到的事情说出去的。"

汉尼拔伯伯沮丧地看着我们。

突然，我想起了一件可怕的事情！"列娜-

女巫之夜

斯列娃和其他人怎么了?"

"不知道,"约尔肯·克洛普漠然地说,"月亮背后会发生什么事,我们可不知道。"

"飞得越高,"汉尼拔伯伯叹了口气说,"空气就变得越稀薄,最后她们肯定会昏过去,然后从扫帚上掉下来。"

伯爵做出一副沉思的样子:"这个我以前倒没想过,你说的应该不错。"

他脸上露出了微笑,继续说:"因为被我骗走的女人,一个都没能返回过。这些年来,我用这种方法让地球变成了一个更适合生活的地方。"

"一个更适合你这样的老头儿生活的地方!"我气愤地说,"你就是想要继续主宰别人!"

"那布罗库拉呢?"瓦乐问。

伯爵哼了一下,说:"布罗库拉?只有小孩子

才会相信这个吧。还有那些……上了钩的、愤怒的女人。"

约尔肯·克洛普大声地笑了起来。也许是因为他笑得太大声了,没有听到外面传来的声音——那动静听起来像是有人来到了门外的碎石广场上。

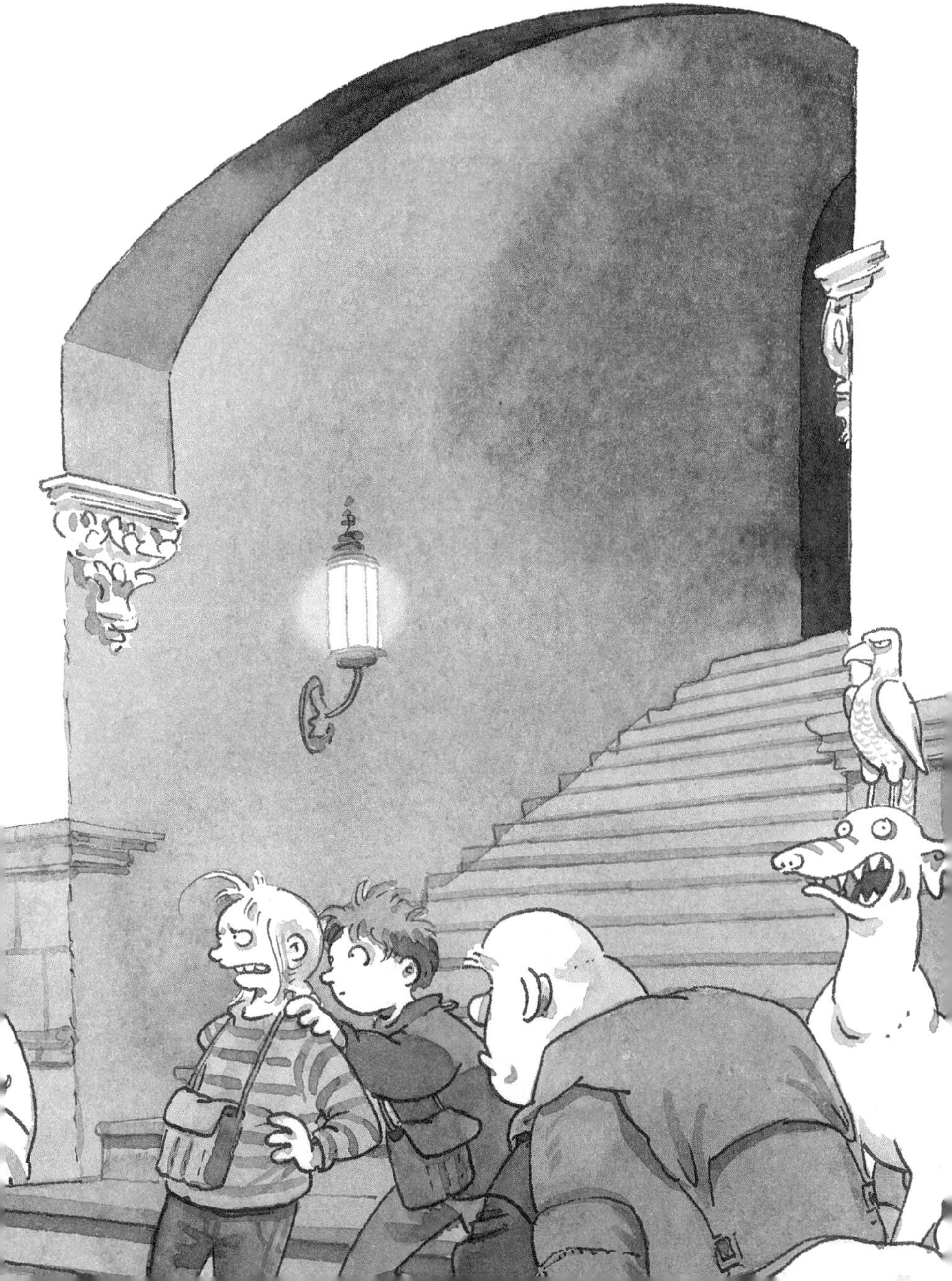

第十一章
玫瑰总是带刺的

还没等管家和伯爵反应过来,他们身后的大门就被撞开了。沉重的大门撞到了他们结实的后脑勺,就像挨了重重一棍的公牛,他们摔倒在地上,滚成一团。

列娜-斯列娃捂着屁股冲了进来。"厕所!"她尖叫着,"厕所在哪里?"紧随其后的是宇斯特拉和法比亚娜,她俩看起来同样绝望。

三个女人疯狂地打开一扇扇门去看,最后终于找到了厕所,冲进去解决她们的问题。

女巫之夜

瓦乐和我赶紧给汉尼拔伯伯松了绑。

"谢谢,"他说,"管家明白我在骗他后,他就抓狂了。"

列娜-斯列娃、宇斯特拉和法比亚娜很快就

从厕所出来了。她们的脸色看起来很苍白,但感觉轻松了不少。

当我们经过伯爵和管家身旁的时候,约尔肯·克洛普慢慢地恢复了知觉。

"像花儿一样,"他胡言乱语道,"像玫瑰一样……"

我弯下身子,在他脸上拍了拍:"别忘了玫瑰总是带刺的,亲爱的伯爵!"随后我向汉尼拔伯伯要来剪刀,飞快地剪断了巫师胸前那条红围巾,把它装进了自己的口袋。

"呃,你在干什么?"汉尼拔伯伯睁大了眼睛问。

"我要去掉他的围巾,因为这条围巾可以让他把女人变成女巫。"我解释道。

"好主意,奈丽。"瓦乐赞扬道。

女巫之夜

随后我们大笑着走出了巫师的城堡,穿过了那片巨大的草坪。

我们开车把法比亚娜和宇斯特拉送回了家。一路上,她们郑重承诺第二天就要让上司们听听她们的真心话。听她们这么说,列娜-斯列娃的脸上又露出了微笑。

送完她们,我们返回了怪怪特工学院。尽管天快亮了,我们谁都不想去睡觉。

列娜-斯列娃点起了壁炉,汉尼拔伯伯烧水煮茶。我们在那里静静地坐了好一会儿,一边喝茶,一边吃饼干。

我们向列娜-斯列娃讲述了我们是怎样偷偷地潜入城堡,瓦乐又是怎样往咖啡里加入他那神奇的混合液的。

"你还加进了茄参，"列娜-斯列娃大笑着说，"这个我是记得的。"

窗外，早起的鸟儿们开始了叽叽喳喳的歌唱。汉尼拔伯伯放下茶杯，双手交叉放在他的大肚子上，说："那个约尔肯·克洛普可真是个狡猾的恶棍。"

"不去报警，不去找工会和校长，"我说，"仅靠自己的力量去尝试改变，这是注定要失败的！"

这时列娜-斯列娃的肚子又发出了很响的咕噜咕噜的声音。她笑了起来。

"我觉得我的肚子有话对我们说。"

女巫之夜

我们吃惊地看着列娜-斯列娃,她站了起来,走到一个柜子前,拉出一个抽屉,取出来一个小盒子。

"瓦乐,之前你还剩下一门考试。"列娜-斯

列娃郑重地说道,"作为你在怪怪特工学院的老师,我在这里宣布,在制作草药混合液这门课程中,你获得了表扬,并且通过了考试。"

瓦乐挺直了身体,打开那个盒子。盒子里放着他的那枚胸针。

"欢迎你,第11号特工!"列娜-斯列娃说。

瓦乐欢呼着从椅子上跳了起来,狂喜地在屋子里跑来跑去。他拥抱了我和列娜-斯列娃,还在汉尼拔伯伯的脸上亲了一下!

随即瓦乐突然变得很严肃。"我发誓,"他把手放在胸口说,"我会竭尽全力去跟那些鬼怪做斗争,努力把我们的世界变成一个对所有人都很公平的地方。"